KB194561

浪兒의
바보사랑 첫 번째 이야기

꿈

浪兒의 바보사랑 첫 번째 이야기

초판 1쇄 인쇄   2014년 09월 10일
초판 1쇄 발행   2014년 09월 17일

지은이   浪兒(본명 박미나)
캘리그래피   浪兒(본명 박미나)
펴낸이   손 형 국
펴낸곳   (주)북랩
출판등록   2004. 12. 1(제2012-000051호)
주소   153-786 서울시 금천구 가산디지털 1로 168,
            우림라이온스밸리 B동 B113, 114호
홈페이지   www.book.co.kr
전화번호   (02)2026-5777
팩스   (02)2026-5747

ISBN   979-11-5585-169-2 04810
          979-11-5585-204-0 04810 (set)

이 도서의 국립중앙도서관 출판시도서목록(CIP)은 서지정보유통지원시스템 홈페이지(http://seoji.nl.go.kr)와
국가자료공동목록시스템(http://www.nl.go.kr/kolisnet)에서 이용하실 수 있습니다.
(CIP제어번호: CIP2014026464)

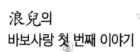

浪兒의
바보사랑 첫 번째 이야기

당신은
꿈을 꾸려고 해
달려가고 해
꿈을 꾸려고 해
저는 당신을
꿈꿔요
그대!
꿈을 향해
열만큼
가셨나요
저는 당신
께
어디쯤
왔나요

북랩 book Lab

離別 後

이별 후에
누구나 그러하듯

술 한 잔
담배 한 모금 물고 나면
투명한 선술집 불빛 아래
마셔지는
오래도록 헤매는 기억

내게 묶여진 너의 그림자

스르르 감겨진
눈 위로 뿌려지는 한낮의 햇살

그리고
눈처럼 뿌려지는 빗물

나
널 사랑했고
너
날 위해 헌신했어

누구나 이별은 그러하듯
바라지 않아서 구실이 되고
너무 바라서 구실이 된
이별의 사연

나를 찾는
너의 울림

부끄러워 눈물이 나

나
너에게 해준 것

고작
아플 때
가슴 무너지며 한겨울
한걸음 달려가 사다 준 약들과
소소한 선물
그리고 함께했던 추억의 시간들

스르르
눈을 감으면
눈물이 나는 이유는

순수했던
슬프도록 아름다운
스무 살
그 여름
꽃봉오리로 터져버린 첫사랑의 기억

무수한 별이 내린 지금
누구나 그러하듯
사연 없는 이별이 없듯
스르르
눈감아
그려지는 아름다운 너에게
그리고
나에게
예전에도 그러하듯
슬프지 않는 이별을 선물한 이유란?

생각해보면

그때

그 시절

너와 남은 시간

나와 함께 넘어질

날들이 죄송해서

그 뒤로

세월만큼

밤이 내려진 지금

오늘도

흔들리는

핸드폰

황송한 너의 미련에

애써 외면하는 이유란

이별은 과거이고

사랑은 추억이고

지금의 너는 행복해야 하고
그러해야만 하고

아!

여전히
아름다운
사람
그 사람

나로 인해
다시 넘어질
네가 싫어

지금의 내가 하는
널 위한
또 다른
사랑인 걸

사랑할 때 세 가지 외침

내 사랑하는 이에게
그저 진실된 마음 하나로 만나요
그리고 진정 내게 내 남자다
마음 먹게 하고 싶거든
저 낭떠러지 끝에 서 있거나
한 번도 겪지 못한 낮은 곳에 임할 때
내 손 꼭 잡아주며
-사랑한다-
세 번만 외쳐줘요

처음 사랑은
우리 만난 첫 순간부터 사랑했다

둘째 사랑은

지금 널 안고 울어줄 만큼 사랑한다

마지막 세 번째 사랑은

다가올 미래

내 심장을 기꺼이 내줄 만큼 사랑한다

그리 외쳐주세요

그리고 내 편 되기

죽어도 내 말만 듣기

날 믿어주기

그리고

내 당신께

그때 주고픈 한마디

당신보다

내가 당신

백배 천배

사랑해

2014년 1월 1일
"당신은 꿈을 향해 얼마큼 가셨나요? 저는 당신께 어디쯤 있나요"
바보사랑 첫 번째 이야기

From 파도의 아이

차례

Prologue   • 4

    離別 後
    사랑할 때 세 가지 외침

제1장 바보사랑   • 17

    밤이 내린 아스팔트 길을……
    Love is?
    바보사랑 1
    바보사랑 2
    바보사랑 3
    바보사랑 4
    바보사랑 5
    바보사랑 6
    바보사랑 7
    꿈에라도
    소망
    감추고픈 내 마음
    하늘 보는 그림을 그려야겠습니다
    보이는 건
    아름다운 그녀!

너에겐 비밀
바로 그때였나 봐
저의 대답은 미소입니다
좋아진 그대는?
당신께 드릴 것
그를 만난 이후로
살 수 없는 삶
질투
아기는 잠든 중
너에게 줄 것은 딱 하나
당신을 위한 제 마음속 보금자리는 둥지입니다

제2장 사랑과 이별   • 65

떠날 때엔
비
날 버릴 너
비오는 밤의 기다림
이별의 거리
떠나는 그대가 해야 할 말
제가 가장 안타까워하는 것
기다림
그대를 향한 그리움이 빗물이 되어 내립니다
남보다 먼저

어쩌나

해후

정말로 미운 것

잊을 만하니 그대는 다시 말을 겁니다

고운 노랠랑 부를 수 없지만

돌로 된 그리움

너무나 일찍 타버린 사랑

매듭

그대를 나무랄 수 없는 이유

님을 보낸 후

바람, 꽃, 낙엽은

가슴속의 고운 추억으로

사랑을 낚는 이에게

내 마음속, 그대의 그리움이

잎새

내가 사랑했던 사람은

내 안에서 자유로운 그대

살다보니

제3장 작은 소리   • 107

밤이 주는 의미

자유롭게 살아야 해요

작은소리 1

작은소리 2
작은소리 3
작은소리 4
작은소리 5
작은소리 6
작은소리 7
벗아!
비오는 날
빗속의 향내
산다는 것이
차이
내가 느끼는 아픔
無
思
산
채움
축복
배
삶을 이기는 비밀
행복합시다
우린 이렇게 살기로 해요!
사람들 마음에 흙이 있어요
우리요

제1장

바보
사랑

바보사랑!
순수한 아이만이 할 수 있는 사랑입니다
-하늘 땅 별 땅-

지금부터의 이야기를 비밀로 하겠다고······

밤이 내린 아스팔트 길을……

밤이 내린
아스팔트 길을
서로가
타인의 여인이 되어
거닐 때
눈빛만이라도
마음에 두기를 비는 듯
서로 애절히 마주친
순간
난 느낄 수 있었어

너의 눈 속에
방울져 흐르려 했던
물빛을

자의로 참으려 애쓰는
너의 애달픔
그리고
나의 간절함을

가로등 빛은
너와 나의 초라한
등줄기를 따라
왠지 길게 비춰지고
너는 너대로
나는 나대로
서로의 옆엔 누군가가
어색히 메워져 있었다

그들은 모두

자신이 함께하는 이가

가죽만임을

모르는 체

한껏 웃으며 뭐라 조잘대고

가로등 불빛만이

서로의 등줄기를 이어 주었지

참을 수 없는 서러움에

난

울고야 말았어

서로가

사랑했던 맘 자체로만

행복할 수 있다면

지금의 이별도

축복이라 할 수 있으련만

널 보낸 후에야 알아버린

나의 마음
이젠 너무나
늦어버림 또한 알기에
복받치는 설움 달래보지만
자꾸 돌아만 가는
나의 고개는
멀어진 너의 그림자를 바라보며
이내 떨구어지고
밤은 깊어만 간다

널 미워하지 않겠어
미워하는 맘 자체로
널 지울 수 없을 테니까
아무 이유 없이
이별을 고하던
네가 미워서
내가 운 것 아니었어

나 몰래
이미 들어와 있던
네 마음속
그 아이의
웃음이
나의 초라한 모습 위에
뿌려졌고
미안하단 말 한마디
건네지 않은 채
떠나는
네 뒷모습이 못내 아쉬웠다

-하고픈 말이 있어- 하며
뛰어가 잡고 싶었지만
그냥 그렇게
널 보내고야만 것은
나의
그 잘난 자존심
-어쩜 그럴 수 있나- 하고

따지지도 않았어
이것은 네게 잘해 주지 못했던 내가
네게 베푼
마지막 배려

다시는
이런 아마추어 사랑으로
아파하진 않을 거야
내 눈에 흐르던 눈물로
난
사랑의 의미를 배웠어

살짝만이라도
돌아볼 순 없겠니
그럼
네게도 가르쳐 줄 수 있으련만

Love is?

바라만 보는 사랑

참는 사랑

질투 없는 사랑

도와 주는 사랑

아껴 주는 사랑

지켜 주는 사랑

아픔을 나누는 사랑

웃어 주는 사랑

현실에 충실하게 하는 사랑

떠나 보낼 것을 준비하는 사랑

보내 주는 사랑

이해하는 사랑

믿는 사랑

한번쯤 기다려 주는 사랑

보낸 후에 간직할 사랑

지속되는 사랑

영원한 사랑

……

친구야!

이런 사랑을 한 번 해 보렴

피!

날더러 이루어질 수 없는 사랑을 하라구?!

바보사랑 1

그대를 찾길 원했으나
그대의 그림자만 쫓아 달려갔고

그대를 잡길 원했으나
그대의 옷자락도 쥘 수 없었고

그대를 보길 원했으나
그대의 빛에 눈을 감아야만 했고

그대와 얘기하길 원했으나
그대의 숨소리에 잠들고야 말았소

바보사랑 2

당신은 -사랑한다- 하지만
전 알 수 없어요

당신은 -사랑하냐?- 묻지만
전 모르겠어요

당신은 제게
'사랑'이라는 말만
일러 주셨으니까요

당신의 사랑하는 마음을
'읽을 수 있는 법'을 가르쳐 주서야지요
그러면 저도 알 수 있을 거예요

당신을 사랑하는 마음을

'표현하는 법'도 가르쳐 주셔야지요

그러면 저도 당신처럼 말할 수 있을 거예요

-사랑한다-고

-너무너무 좋아한다-고……

바보사랑 3

절 보면
-떨린다- 하기보단
-쉬고 싶다- 하면
더 좋겠습니다

절 그릴 때
-모든 것을 잊는다- 하기보단
-옛 고운 추억이 떠오른다- 하면
더 좋겠습니다

절 찾을 때
-다른 것을 버린다- 하기보단
-그것들과 함께
네가 있어주길 원한다- 하면
더 좋겠습니다

그리고

진정 제가 갖고 싶으실 때엔

' 무엇으로 뀔까! ' 궁리 마시고

제가 소중함으로 놓일 수 있는

작은 공간만

그대의 마음속에 마련해 주시면

족하겠습니다

랑아의 바보사랑 첫 번째 이야기
꿈

바보사랑 4

내가 오란 말도
아니했는데
그대는
내게 다가왔고

내가 가란 말도
아니 하는데
그대는
그냥 가는구료

허참!
허나 무슨 탓 하리요
그대도 내게
-사랑하라- 말 아니 했는데
내가 먼저 사랑했고

그대도 내게

-아파하라- 말 아니 했는데

내가 지금 아파하는 것을……

바보사랑 5

다칠 줄 모르고
다가섰다
상처만 입고
돌아왔어라

지칠 줄 모르고
그리워했다
애탐만 안고
돌아왔어라

가신 줄 모르고
찾아갔다
눈물만 머금고
돌아왔어라

바보사랑 6

난 몰랐는데
슬프면
우는 거라며?

난 몰랐는데
울면
더 슬퍼진다며!

난 몰랐는데
더 슬퍼지면
눈물이 나는 거라며?

난 몰랐는데
슬픔으로 눈물 흘리며 운다는 긴
널 좋아했단 의미라며!

그런데, 바보 같은 나도
그건 알고 있었어
좋아해선 아니 될 너였음을……

바보사랑 7

나의 마음에
빗물을 내리게 한
그대를
미워할 수 없어요
그 빗물은
나의 마음을
깨끗이 씻어 주었으니까요

나의 마음에
흙탕물을 뿌려놓은
그대를 미워할 수 없어요
그 검은 물은
나의 마음을
지워지지 않는 얼룩으로
물들여 놓았으니까요

랑아의 바보사랑 첫 번째 이야기
꿈

나의 마음에
돌을 던진
그대를
미워할 수 없어요
그 돌은
나의 마음을
강하게 만들어 주었으니까요

나의 마음을
아프게만 했던
그대를
바보같이 미워할 수 없네요

그대는
지금 내 마음입니다

꿈에라도

꿈에라도 제발
말 좀 걸어 주서요
그러면
꿈속에 살 거여요

꿈에라도 제발 제게
뭐라 말 좀 해 주서요
그러면
꿈속에 있겠어요

한밤을 지새워
당신의 차디찬 입술만
바라보며 애태우느니
차라리 꿈이라도 꾸며 살게요

소망

제 마음에 작은 소망을 담아
당신께 드리렵니다

소망은 소망일 뿐
바람이 아니랍니다

그저 작은 소망을 담아
보냅니다

바람은 또 다른 바람을 낳지만
소망은 마음입니다

언제고 이런 제 소망에
당신께서 작은 입맞춤이라도

해 주시는 날엔

이내 마음은 하얀 날개 되어
저 푸른 하늘을 꿈처럼
날아 들겠습니다

감추고픈 내 마음

당신을 '사랑한다'고
경솔히 말할 수가 없어요
가슴에 묻혀 있어
쉽게 꺼낼 수가 없어요

혼자 그냥 사랑하고
아파할래요

나의 시간이
당신을 기다리는 설렘으로
메워지고
나의 생각이
당신의 그리움으로
끝이 나고

나의 마음이
당신을 향한 애탐으로
지치어도

왠지 당신께
선불리 사랑한단 말은
못하겠어요

이런 날
'용기 없다'고들 하지만
절대 그것만은 아니라오

가끔은
은근히 바람이
일러주길 바라도
-먼저- 말만은
차마 못하겠어요

랑아의 바보사랑 첫 번째 이야기
꿈

훗날
꿈결에서라도
당신께서
절 '사랑한다' 하시면

그때엔
눈물이
눈물이 날 거예요
그러면서도
아무렇지도 않는 듯 말하겠죠
'나도 당신을 -금방- 좋아하게 됐다'고……

하늘 보는 그림을 그려야겠습니다

당신의 마음
그 하이얀 캔버스에
오늘은
저의 고운 색색의 물감으로
하늘 보는 그림을 그려야겠습니다

언제나 하얀 캔버스
누구에 의해서도 채워지지 않던
당신의 마음에
오늘만은 제가
하늘 보는 그림을 그려야겠습니다

파랑, 노랑, 빨강 이것이
제 마음의 기본 빛깔입니다

랑아의 바보사랑 첫 번째 이야기
꿈

당신의 하얀 캔버스에
먼저 푸른 물감을 부어
저의 순수함을 알리겠습니다

그리고
흰 물감으로 구름을 그려 넣습니다
이것은 저도 가끔은
당신을 괴롭힐 수 있다는 뜻입니다

노랑 물감으로
예쁜 새를 그립니다
저의 귀여운 미소랍니다

마지막 빨강으로는
말 못하는 제 마음을 쓰겠습니다
-I Love You-

보이는 건

내 눈이
많은 이를 보고 있었으나
어찌 된 일일까요?!
보이는 건
그녀의 까만 눈동자뿐임을……

아름다운 그녀!

꿈만 꾸면
왜 항상 그녀가 있을까요?!

꿈에서도
역시 그녀는 아름답군요

그 불타는 입술에
키스라도 할라치면
꿈을 깨어지고
현실!

현실에서 그녀는
여전히 아름다워요

그녀를 바라만 봅니다

그리고 그녀를 안고 싶을 때
다시 꿈을 꿉니다

꿈

너에겐 비밀

너는 내게 시를 어떻게 쓰냐고
물었지
그때 난 소설 속의 영화 속의 주인공이 되어
쓴다고 했지
그러자 넌 고개를 끄덕였어
하지만 그건 몰랐지
내가 널 그리며 시를 쓴다는 것을

바로 그때였나 봐

바로 그때였나 봐
그대 몰래 내가 사랑을 느꼈을 때가

바람이 소리 없이 스치던 어느 날 밤이었어
난 그대 품에 안겨 꿈꾸며 잠이 들었지
그때
그대는 나의 꿈이었어

아!
꿈이었던가?

아마 정말 그때였나 봐
내가 소녀스러운 마음 문을 열고
사랑을 읊조린 것이
내가 세상 몰래 그대를 느낀 것이

저의 대답은 미소입니다

당신의 보채는 물음에
저의 대답은 미소입니다

당신의 애타는 질문에
저의 대답은 미소입니다

가끔
화난 얼굴로
이런 날 나무라는 당신에게도
저의 대답은 미소입니다

미소로 아십시오!
제 말소리에
저의 순수함이 깨질까
두려움입니다

좋아진 그대는?

찐빵 같은 그대를 좋아하게 됐어요
빵떡 같은 그대를 좋아하게 됐어요
암만 봐도 그대는
찐빵 빵떡 빵떡 찐빵
사과처럼 복숭아처럼 예쁘지도
않은 당신을 좋아하게 됐어요

랑아의 바보사랑 첫 번째 이야기
꿈

당신께 드릴 것

당신께 꽃만 드리오리다

예쁜 꽃만

들에서 산에서 따다 드리오리다

밤새 부르던 고운 노래만

담아 올리오리다

그를 만난 이후로

나는 아낌없이 잃고야 말았습니다
커다란 꿈을 커다란 욕심을
그 밖의 나의 모든 것들을

세상을 안고픈 꿈이건만
세상을 갖고픈 욕심이건만
그 밖의 날 세워주던 세상의 보물도 있었건만

그를 만난 이후로
내게 남은 유일한 욕망은
그가 원하는 대로 잃는 것이기에……

랑아의 바보사랑 첫 번째 이야기
꿈

살 수 없는 삶

사랑만으로 살았으면
사랑만으로 살았으면

삶 속의 사랑은 싫어요
사랑만으로 삶을 살았으면

현실과 부딪힘 없이
사랑으로만 살았으면

삶의 고통만큼이나 사랑도 아프다지만
사랑으로의 가슴앓이는
순간이라도 설렘이 있고
스쳐간 후 추억의 호흡으로
마음에 남습니다

그러기에 내 맘에
어린아이와 같은 순수함이
끝까지 남아 준다면
현실에 놓인 이 육체를
내 뇌리가 잠시라도 잊어 준다면
전 모든 것을 잃는다 해도
사랑만으로 살겠어요

질투

그대여!
만나는 여인 앞에서 그러 웃지 마셔요

그대는 항상 내 앞에 서서
다른 여인을 향해 미소 짓습니다

그대는 제가 질투하길
바라는 모양입니다

하지만
그대여!
안타깝게도 전 질투를
할 줄 몰라요

허니 당신께서 그러시면
절 초라하게 만들 뿐입니다
그들보다 제가 나은 것이 없으니……

또한 당신께서 그러시면
순간 저는 이런 생각을 하게 돼요
-내 자신에게 더 투자하리라
당신께서 나만 보게스리-

아기는 잠든 중

기다림
　길어짐
　　지침…
　　　…
　　　　깜빡!
　　　　　잠이 듬
　　　　　아차!
　　　　　　찾아 줌
　　　　　　　따르릉-
　　　　　　　　잠든 중
　　　　　　못 받음
　　　　　깨어남
　　　　기다림
　　　길어짐

울어 버림

읊조림

"헤어짐"

모름

아무것도

울어 버림

마지막

기다림

아가는 오늘도 기다립니다

어제도 그러했고, 내일도 그러할 것입니다

-마지막이라며 마지막이라며 그렇게 기다립니다-

그리고 벨소리는 언제나

아가의 꿈결 속에 거친 숨결을 타고 흐르더군요

너에게 줄 것은 딱 하나

네게 시간을 좀 달라고?
싫어 얘!
네게 잘해 줄 수 없냐고?
미쳤니!
널 위해 선물을 준비할 수 없겠냐고?
싫어 싫어!

난 날 위해 시간을 보낼 거야
네가 아무리 그래도
나는 나만을 위해 내 모든 시간과 노력을
투자할 거야

헌데 나중에 너한테 딱 하나 줄 게 있어
그게 뭐냐구?

음······

그야 '나'를 주지

랑아의 바보사랑 첫 번째 이야기
꿈

당신을 위한 제 마음속 보금자리는 둥지입니다

당신을 향한 마음
하얀 둥지 되어
제 가슴 한복판에
마련되어 있습니다

당신을 향한 마음은
언제나 하얗습니다
또한 당신을 위해 준비된 자리는
철창이 있는 새장이 아닌
둥지입니다

이것이 당신을 언제든지
날려 보낼 위험성을
가지고 있습니다만

그래도 당신을 위한

제 마음속 보금자리는 둥지입니다

당신은 너무나 소중하기에

감히 제가 가둘 수 없음입니다

허나

당신을 날려 보낼

준비를 하는 제 마음은

평화롭습니다

혹 당신이 떠난 뒤

순간은 눈물이라도

당신께서 남기고 가신

둥지 속 체취를

하얀 마음속에 그리며

다시 곧 돌아오리라는

기다림으로

영원히 간직할 수 있을 테니……

랑아의 바보사랑 첫 번째 이야기
꿈

제2장

사랑과 이별

아이는 순수했습니다
그러기에 바보사랑을 할 수 있었어요
아이는 이제 삶을 알아야 합니다
사랑을 앓는 아이는
더 이상 아이일 수 없는 일입니다

떠날 때엔

떠날 때엔
웃고 가서요

떠나는 그댈
나무라지도
미워하지도
않을 테니

떠날 때엔
웃고 가서요

뒤돌아 눈물짓더라도
떠날 때엔
웃고 가서요

그래야

이내 맘도 편할 테나

떠날 때엔

이내 눈물만 닦아주고 가시구료

그래야

뒤돌아 웃을 수 있을 테나……

비

오늘은 웬일인지 하늘로부터
비가 내리었습니다

아마도 내 마음이 서글픈 까닭으로
비가 내리었나 봅니다

비는 내 맘에
호수를 만들런지
바다를 만들런지
아무도 모르는 일입니다

날 버릴 너

나의 초라함을 알았을 때
난 널 버려야만 했다

나의 초라함에
너마저 슬퍼질까
두려워서라기보다는

너마저 날 버릴까
무서워서이다

네가 날 버릴 때
난 세상을 버릴 테니

비오는 밤의 기다림

다시는
당신을 기다리며 이 비오는 밤에
애달파하진 않을 거예요

항상
당신이 먼저 계실 만한 곳에
제가 가겠습니다

당신을 기다리는 고통은
빗물입니다

이별의 거리

이 거리
희미한 불빛으로 밤은 열리고
널 꿈처럼 그리지만
잡힐 듯 잡힐 듯 잡히지 않는
너의 자취를
현실에서 찾으려는 이 애달픔
풀꽃처럼 풀잎처럼 곱던 너의 노래는
어디로 날려가고
바람만 부는 정거장 뒷뜨락은
헛된 휘파람 소리로만
메워지는가!

떠나는 그대가 해야 할 말

내게 -미안하다- 말 한마디만 하고
떠나면 아니 아플 텐데
내가 아니 아플 텐데……

떠나서
다른 이의 연인이 될 그대는
내게 몹쓸 말만 하고 떠납니다

떠남도 아픔인데
그대는 나 때문에 떠난다고
상처까정 주고 갑니다 그려

-미안하다- 말 한마디만 하고
떠나면 아니 아플 텐데
그대는 내게 몹쓸 말만 하고 떠납니다

제가 가장 안타까워하는 것

날 잊으려 다른 이를
사귄다고 말하지 마셔요

그리 말 아니해도 날 못 잊을
당신임을 제가 알아요
그래서 미워하지도 않고요

하지만 언젠가 그녀를
잊기 위해 또 다른 이를
만나야 할 때가 있을 거예요

제가 가장 안타까워하는 것은
똑같은 실수를 두 번 하려는 당신입니다

기다림

기다림에 눈물이 나와!
기다리다 기다리다
체념할 땐 눈물은 웃음이 됩니다
그 어색한 웃음에 시간은 가고
기다림의 깊이는
마음을 지치게 합니다

어떤 이를 기다린다는 것은
나의 모든 생각이 그에게 거하는 것
기다림은
그로 하여금 온 자아를
감싸게 하는 것

-오지 않으리라- 하였으면

기다리지도 않으련만……

자꾸 올 것 같아

지금도 기다립니다

그대를 향한 그리움이
빗물이 되어 내립니다

오늘밤
그대를 향한 그리움이
빗물이 되어 내립니다

그리움이 커져갈수록
빗방울도 커지었습니다

그대를 만나야 할 시각엔
항상 이렇듯
비가 내리었습니다

그 빗물은
내 주위에

내 마음에 뿌려집니다

보셔요!
금시
어깨를 적신 것도
눈 속에 망울져
볼 위로 흐르던 것도

알고 보니
모든 빗물이었습니다

남보다 먼저

남보다 먼저
그대를 알았습니다

남보다 먼저
아픔을 느껴야 했습니다

남보다 먼저
눈물 흘려야만 했습니다

남보다 먼저
그대를 안 죄로
오늘
절 잃고야 말았습니다

얼마 후

오늘이 가고 내일이 오면

남보다 먼저 삶을 알았던 누군가의 입에서

이런 말이 흘러나올 겁니다

-남보다 먼저 그대를 안 덕택에

 남보다 먼저 날 찾았소-

어쩌나

네게 잘해 줘야 했었지
널 보내지 말아야 했었구
널 그리워하지 말아야 하는데……

어쩌나!

네게 잘해 주지 않는
내 자존심
널 보내고야 만 것은
내 어리석음
그리고
널 지금 못 잊는 건
내 바보스러움

해후

너의 눈이
그토록 아름다운 줄
정말 몰랐어

그 눈에 담은
투명한 물결!
내 맘조차
출렁이더라

너의 그 고운 눈에
도대체 누가
어둠의 물결을
일으켰는지……

난 떠나버린 널
떠나서 다른 이의
여인이 된 널
한번도 미워하지 않았다

허나
지금 너의
상처 담은 아름다운 눈이
너무나 밉구나……

랑아의 바보사랑 첫 번째 이야기
꿈

정말로 미운 것

그대가 미웠으나
정말로 미운 것은
미운 그댈 그리는 나!

잊을 만하니 그대는 다시 말을 겁니다

잊을 만하니
그대는 다시 말을 겁니다
아주 초라한 미소 지으며

떠나는 그대는
그토록 당당했건만
그대는 지금 내 앞에서
다시 미소 보입니다

그리곤
-날 사랑한다- 말합니다

그대는 항상 이랬습니다

당당히 떠났다가
다시 돌아와
절 괴롭힙니다

그대는
상처받은 마음의
허전함을 메우기 위해
절 항상 애용합니다

그걸 진작에 알고 있었으나
돌아온 그대를
뿌리치지 못하는 것이
또한 제 바보스러움입니다

이미 그대는

모진 상처와 기다림으로

제 모든 자아를

헐벗고 지치게 만들어

오직 그만을

기다리는

바보로 만들어 놓았습니다

랑아의 바보사랑 첫 번째 이야기
꿈

고운 노랠랑 부를 수 없지만

그대에게

지금 고운 노랠랑 부를 수 없어요

그댈 그리며

밤새 부르던 나의 노래는

꿈결에 실려가고

잠잠한 미련 속에 여명의 빛이 드리워지면

그대를 햇살 속에 살살 뿌려 버립니다

이젠

그댈 위한 노랠랑 부를 수 없지만

고운 추억의 판에 그대를 새기며

옛 고운 감정의 설렘으로

펜을 들어

한 수의 시 속에 담아

어둠 속에 달빛 속에

날마다 읊습니다

돌로 된 그리움

밤거리 가로등 빛이
하나 둘 꺼질 무렵
내 마음 당신을 향한 그리움도
하나 둘 꺼지었습니다

그렇듯 밝게 빛나던
어스름한 어둠 속 빛이건만
그토록 애타게 졸이던
싸늘한 가슴팍 소망이건만

다른 이의 연인이 된 그댈 보고
그리움은 돌이 되고 말았습니다

너무나 일찍 타버린 사랑

너무나 일찍 타버린 사랑이었소
너무나 일찍 타버린 사랑이었기에
이다지도 쓰라린 잿더미에
내가 놓여졌소
검은 먼지는 내 눈앞을 가리우고
밤은 내리었소

매듭

멀어지려 할수록

더 조여만 지는

너와 나의 관계……

그대를 나무랄 수 없는 이유

그대는 제게 시를 쓰게 했어요
제 모든 감정을
살아 날뛰게 했어요

그래서
다시 펜을 들어
감당할 수 없는 이 마음을
종이에 옮기게 했어요

이것이
그토록 모질게 상처를 준 그대를
제가 나무랄 수 없는 이유입니다
그대는 제게 시가 되어 남습니다

님을 보낸 후

사랑이란 느낌 하나로 세상을 웃으며 살 수 있을 거라
생각했지만, 그것이 단지 허황된 착각에 불과하다는 걸
알았을 때
그것을 알게 해 준 현실의 매정함을 뼈저리게 앓고
사랑으로 멍든 한쪽 마을을 그대로 놔둔 채
앞에 놓인 길을 한발 한발 더 힘겹게 디뎌야만 했다
그 누구도 함께 할 수 없는 철저한 혼자만의 길을
그다지도 두려울 만치 무섭게 뛰어가야만 했던 것이다

허나 얼마나 지났을까
그 아픔만큼이나 잦아드는 홀로된 서러움이
날 점점 더 초라하게 만들었을 때엔
바람이 횡하니 불어드는 뒷골목 어디메쯤에서
그 누군가의 울음소리를 들을 수 있었다

랑아의 바보사랑 첫 번째 이야기
꿈

그 누군가가 바로 나 자신임을 깨달은 순간
난 메마른 목구멍 속에서 간신히 음성을 낚우어
읊조리는 어조의 몇 마디를 내뱉을 수 있었다

-강해지리라, 강해지리라
 사람아 사람아
 이만큼의 아픔을 준 그대이면서도
 내게 미움을 얻지 못하는 나의 님아
 널 원망치 않으마!-

언젠가 이 아픔을 달랜 후
날 좀 더 강하게 만들어 준 너라며
웃으며
-널 진정으로 사랑했다-
하리라

바람, 꽃, 낙엽은

바람이 불어
사랑아!

꽃도 지구
낙엽들은 나의 발밑에서
짧은 노래랑 부르고

바람이 불어
사랑아|

어제만 해도
이 말 뒤엔 항상 함께 하던
님의 소리가 있었건만
지금은 저 멀리 산으로부터

다시 울려오는
나만의 메아리뿐……

불던 바람, 지던 꽃 그리고
이렇게 떨어질 낙엽들은
가실 님일 줄을
진작에 알았나 보다

가슴속의 고운 추억으로

그대는 날다려
잊어달라 말했지만
그대는 날다려
그냥 잊으라 말했지만

세월에 흘러 잊으렵니다
아니 잠시만 묻으렵니다
그리고 고운 추억으로 숨쉬게 하렵니다

그대여!
지금 지나가는 계절의 여울목에서
겨울은 날 외면하여 버렸지만
다시 찾아온 봄의 따스함이
날 감싸듯

모든 땅 위의 꽃은 져도 다시 피듯

그대를 잊는다 해도

언젠가 다시 기억날 것을

차라리

가슴속 고운 추억으로 알알이 묻으렵니다

사랑을 낚는 이에게

사랑을 낚는 이여!
그대는
진정 아름다운 사랑만 낚는구료

그대의 일도 운명인 것을
예쁜 사랑만 낚는 그댈
어찌 내가 미워하리이까!

이렇듯 내가 그댈 이해하니
사랑을 낚는 이여!
그대도 내 말 좀 들어 주게나

그대의 일에 제발
성급히 굴지 말구료
잠시라도 지켜보다가

랑아의 바보사랑 첫 번째 이야기
꿈

꿈처럼 부서질 사랑
불꽃처럼 타버릴 사랑
바람결에 날려질 사랑
아픔으로 남겨질 사랑을
좀 낚아 주구료

그리고
저 멀리 사는 '추억'이라는 이에게 전해 주구료
내게 더욱더 아름다운 미끼를 던져달라고
그럼 나의 멍든 마음을
낚게 해준다고……

내 마음속, 그대의 그리움이

내 마음 깊은 곳엔
여전히 떠난 그대를
그리는 마음이 있습니다

하늘보며 떨쳐버리고 싶은 마음으로
고개를 흔들어 보지만
하늘보면 하늘은 어찌 그리 맑은지요
허나 그 맑음 위에도
한 조각 구름 떠가듯
내 마음 깊은 곳엔 여전히 그댈
그리는 마음이 떠다닙니다

구름은 맑은 햇님을 가리듯
내 마음 그대도 날 가리웁니다

그대를 잊으려 할 때마다
더욱 절실해지는 그대의 그리움이
마음속에 물결을 일으켜
하나의 호수가 되고야 말았습니다

그대가 더욱 그리워질 때는
그대를 잊으려 고개를 떨굴 때입니다

잎새

바람에 날리는 잎새를 보았느뇨
바람은 잎새를 몰고 온다오

날리는 잎새는 마음을 실어
끝없이 그대의 창가에 날리오리다

행여나 그 소리에 잠든 님 깨실까 두려워
깨서 성낼까 무서워
바람과 함께 고요히 날리오리다

잎새여, 님이여!

밝은 날, 잠든 님 깨어 그 잎 보시면
그 님 그 잎을 베개 맡 책갈피 속에 끼워 놓으련……

내가 사랑했던 사람은

이별하기 위해
만났던 사람
잊혀지기 위해
마음판에 새겨졌던 사람

내 안에서 자유로운 그대

그댈 보내드리오면
그댈 제가 놓아 드리오면
자유로울 거라 생각하셔요

하지만 어쩌죠
그대는 제 안에서만이
자유로울 수도
행복할 수도 있으니……

허나 그대가 원하시면
진정 바라시면
내 어찌 그대를 잡아 두오리만

괜히 험한 곳에 거할 때
보내 드린 내 탓은 말구료

살다보니

살다보니
사랑도 하게 되었어요

사랑을 하다 보니
아픔도 알게 되었어요

아픔을 앓고 나니
강함도 얻게 되었어요

강함을 얻고 나니
고난 앞에서도
미소 짓게 되었어요

제3장

行복은 상대적인 것입니다
잃는 것이 있으면
얻는 것도 있지요
또한 얻는 것이 있으면
반드시 버려야 할 것도 생기게 마련입니다

밤이 주는 의미

밤은 인간에게 삶의 방법을 일러준다
사고하는 법과 외로움과 싸우는 법
고요 속에 자신을 잠재우는 법
어둠 속에서 빛을 찾는 법
그리고 또 하나
작은 소리에 귀 기울이는 법

자유롭게 살아야 해요

자유롭게 살아야 해요
남들의 말소리에 지쳐서는 안돼요
자유롭게……
하지만 예쁘고 아름답게
살아야 해요
편견이 당신의 눈을 가리울 테니

자유롭게 살아요
남들의 말소리에 지치지 말고

혹 그런 당신을
헐뜯고 욕하는 이들이 있다면
먼저 자신을 돌아보고
그래도 당신의 허물이 없다면
그들을 용서하세요

그리고 웃으며

자유롭게 사셔요

하지만 예쁘게……

작은 소리 1

조심하서요!
당신을 추켜세우려는 입들을
그들은 그 입으로 다시
당신의 낮아짐을 비웃습니다

작은 소리 2

행복은 상대적인 것입니다
잃는 것이 있으면
얻는 것도 있지요
또한 얻는 것이 있으면
반드시 버려야 할 것도 생기게 마련입니다

작은 소리 3

인생의 성공적 판로는
그 삶에서
최고의 가치와 노력을 투자하는 것의
영원성과 관련된다

작은 소리 4

이 세상은
다수의 안일한 이들에
의해서라기보다는
홀로된 곧은 소리와
그에 따르는
고독한 투쟁에 의해
발전한다
할 수 있겠습니다

작은 소리 5

내가 살아 있음을 알게 하는 것은
사랑입니다
사랑할 수 있을 때 사랑합시다

작은 소리 6

현실에 있는 나를 봐요
미래가 비록 가시덤불처럼 몰려와도
현실에 있는 나만 보고
하루를 고운 열매로 맺어 봐요
훗날 나무가 되는 것은
오늘의 나입니다

랑아의 바보사랑 첫 번째 이야기
꿈

작은 소리 7

작은 노력으로 조금씩 큰 것을
일구어야 합니다
한꺼번에 너무 많은 것을
안으려 마셔요
조금씩 조금씩……
하지만 큰 것을 바라보셔요

벗아!

벗아!
조그만 나의 사랑아
너도 느끼니?
저기 저쪽 어디메서부턴지
따사로운 향긋함이
겨드랑이 속으로
스며듦을

벗아!
귀여운 나의 사랑아
너는 알고 있니?
저 하늘에 나는
새들의 노래가
무엇을 의미하는지를

벗아!
지금 너의 그 고운 눈동자의 미소가
누군가의 삶을 희망으로 볼 수 있게
한다는 걸
넌 알기나 하니?

소스라치는 지금의 시련에서
굳이 고개 들어
너의 얼굴을 보려함은
사랑이기에
너만이 나의 희망이기에……

벗아!
귀 기울이지 않고서도

너의 목소리가
내게 들림은
너의 음성은
내 삶의 이곳저곳에
떠다니는 모든 노랫소리

벗아!
소중한 나의 사랑아
너도 느끼고 있겠지
너와의 삶을
오늘은
싱그러운 봄바람이
포근함으로 감싸며
희망으로 메아리쳐
맴돌고 있다는 것을……

랑아의 바보사랑 첫 번째 이야기
꿈

비오는 날

비오는 날
우산도 쓰지 않고 우비도 입지 않고
오는 비 맞으며
허름한 옷가지에
맨발로 섰는 아이

고랑에 고여있던 빗물이
낯선 곳에서 온 방울방울을
동그란 파문으로
빨아들이고 또다시 안아버리고

거리에 홀로된
초라한 아이의 눈에
뜨거운 물이 빗물에 섞여

방울방울 떨어지면

고랑의 동그란 파문은

다시 빨아들이고 안아버리고

빗속의 향내

떨어지는 빗물 속에
향기의 다발이 떨어져

그 향내 맡으려다
비만 흠박 맞았네

산다는 것이

그림을 그리며 그림을 그리며
화가가 되는 꿈을 꾸는 거야

피아노를 치며 피아노를 치며
피아니스트가 되는 꿈을 꾸는 거구

거울을 보며 거울을 보며
CF 광고모델이 되는 꿈을 꾸지 -여드름치료제 광고-

일을 하며 일을 하며
부자가 되는 꿈을 꾼다지

그녈 보며 그녈 보며
결혼하는 꿈을 꾸게 돼

아일 보며 아일 보며
아빠 되는 꿈을 꾸구

세상 살며 세상 살며
노인네가 되어가는 건가!

산다는 것이
꿈을 꾸며 꿈을 꾸며
잠자리에 드는 거지 -아주 깊은 잠에-

차이

넌 아니?
육체적인 아픔과
정신적인 아픔의 차이를

그건 이런 거야

전자는
지금의 아픔을 이기려
생명에 대한 애착을 안고
삶을 살고파 하는데
후자는
순간의 아픔을 견딜 수 없어
죽음에 대한 애착을 품은 채
세상을 버리려 하지

내가 느끼는 아픔

난 보았습니다
어떤 이의 머리통에 칼이 꽂혀 있음을

난 보았습니다
어떤 이의 가슴팍에 창이 박혀 있음을

난 보았습니다
어떤 이의 온 몸뚱이가 피로 엉켜 있음을

그리고 느꼈습니다
작은 가시가 찔려져 있던
제 새끼손가락의 아픔을

허나

어찌 이럴 수 있을까요

내가 보았던 그들의 커다란 아픔보다

내게로 느껴지는 새끼손가락 이 조그마한

가시의 아픔이……

훨씬 크나큰 나의 고통임은

無

옆사람이 그렇구 그렇대
그래?
한 사람 얼굴이 찌그러졌다

뒷사람이 어쩌구 저쨌대
그래?
또 한 사람 얼굴이 찌그러진다

또또또 그렇구 그렇구 어쩌구 저쩌구
자꾸만 얼굴들이 찌푸려진다

애애
그 사람이 그랬대
한 사람이 아무렇지도 않게 말한다

그게 어때서?!

모두가

그게 어때서?!

思

침묵은 고요를 부른다
고요는 사색을 불러
모든 상념의 모태가 된다
모든 시작과 관념의 굴레를 만들어 간다

산란의 연속
상념은 또 다른 상념을 낳는다

풀어라
풀지 못하는 삶의 고뇌와 굴레
끊어라
현실의 칼날로 일일이 잘라내어
불살라 바람에 날려 보내라

언제고 스치는 바람 곁에

다시 눈뜨기 위해

땅속엔 묻지 말고

바람에 날려 보내라

산

산에 살면 기쁠까요
산새들의 지저귐은 얼마나 아름다울까요
푸른 하늘 구름들은 또 얼마나 평온을 실어나를까요

산에 살면 아마 기쁠 거예요
태양의 온기를 마시고 사는 흙을
두 발로 밟으며
산바람은 내 주위를 감싸면
또 얼마나 상쾌할까요

내 마음은
산이랍니다

채움

이제는
자신을 한 번
놔 주서요

이제는
자신을 놓을 때가
되었습니다

욕심으로
죄악으로
잡혔던 자신을
이제는 놔 주서요

그리하면
허전하시다구요

허면
사랑으로 사랑으로
채워보세요

기쁠 겁니다
기쁠 겁니다

축복

오늘 하루 밝은 태양 아래
걸음을 걸을 수 있음만으로
축복이라 하겠습니다

랑아의 바보사랑 첫 번째 이야기
꿈

배

언제고
나는
작은 배를 탈 거요

현실에서 배를 만들고
희망의 돛을 올리고
최선으로 노를 저으며

언제고
나는 배를 탈 테요
아주 작은 배를 말이요

허나
나의 바다는 넓다오

삶을 이기는 비밀

나: 삶에서 고독과 외로움의 깊이는 매우 크다네

난 그걸 모르고 살다가 느닷없이 찾아온

삶의 그림자에 두려워 떨었지

한 손으로 벌렁거리는 심장의 고동을 억누르며

한숨만 몰아쉬었지

타락의 길로라도 이 아픔을 달래볼까!

사탄의 미소는 나에게

크나큰 갈등을 남겼고,

신과의 삶이 어쩔 수 없는

족쇄로만 느껴질 때

난 삶의 큰 고비를 맞아야 했네

그: 그래, 그 고비를 잘 넘길 수 있었나?

나: 그야

　잘 넘겼지

　얼마 후

　그의 '어떻게 그 아픔을 달랠 수 있었냐'는 물음에

　나는 이런 대답을 했다

　-외로움을 이기기 위해 '고독'이라는 친구를 사귀었지-

행복합시다

그저
서로가 하나님께서
지으신 한 하늘 아래
숨쉬고 있다는 것만으로
행복합시다

서로가
이미 추억으로 만들어진
기억 속에 있으므로
가끔 생각날 때
뒤적이고 그리워도 해보고

그저
서로가 서로의 마음에

아직도 자리잡고 있으므로
행복합시다

가끔
마주치는 눈빛으로
만족하고 행복합시다

서로
함께 있는 시간이
갈수록
후에 남는 건
아쉬움뿐

차라리

가끔 마주치는

눈빛만으로

행복합시다

우린 이렇게 살기로 해요!

힘들 땐 하늘을 봐요
그리곤 웃죠

하늘 보며
마음을 달래요

그리곤 마음속 깊은 곳에 묻혔던
작고도 아름다운 것만을 꺼내요
그리곤 그것을 생각하고 그리워하며
다시금 웃죠

우린 이렇게 살기로 해요

힘들 땐 하늘을 보며

마음속 조그마한 추억을

되새기며……

사람들 마음에 흙이 있어요

옛날 옛적에
하나님이 흙으로 사람을 지으셨어요
그래서 사람들 마음엔 흙이 있지요
고운 흙도 거친 흙도

사람들 마음에 흙이 있어
무엇이든 심는 대로 자라지요

예쁜 것을 심으면 예쁘게
고운 것을 심으면 곱게스리
나쁜 것을 심으면 너무나 아프게 자라요

사람들 마음에 흙이 있어
무엇이든 심는 대로 자라지요

사람들은 심겨진 나무를

하루하루 가꾸며 살아갑니다

또한 자란 열매는 다시 마음이 됩니다

우리요

동그라미를

그려요 우리의 마음에 사랑

으로 사랑으로 그리고 그 속에 눈에

보이는 작지만 아름다운 것들을 넣어요

무리하지 말고 조금씩 조금씩 하늘을 구르

는 구름 그 속에 안긴 새나 한 그루의 버드

나무 보스근한 안개꽃 조금씩 넣어요 조

금씩 그러다 보면 언젠가는 세상의 모

든 것들이 동그라미 속에 넣어지겠

죠 그때엔 우리는 세상의 모든

것을 사랑하게 되는 거예

요 사랑의 동그라미

속 세상이므

로

.

.

.

작은 소리